me gusta
VERDE

 Parramón

Me gusta el verde

Texto e ilustraciones: Àngels Comella
Diseño gráfico: Jordi Martínez
Fotografías: Estudio Nos & Soto
           AGE: selva pág. 9
           Fototeca Stone: arco iris pág. 11
           Índex: rana leopardo pág. 21
Producción: Rafael Marfil

Primera edición: marzo 1997
© Parramón Ediciones, S.A. - 1997

Editado y distribuido por Parramón Ediciones, S.A.
Gran Via de les Corts Catalanes, 322-324
08004 Barcelona

ISBN: 84-342-2068-7
Depósito legal: B-8173-97

Impreso en España

ÍNDICE

PARA LOS PADRES Y EDUCADORES

El color verde generalmente se asocia con el mundo de los vegetales. Todo cambia y el color verde también. Existen hojas cuyo color verde cambia de un día para otro. También existen muchas clases de verde. No obstante, con un poco de orden, podemos orientarnos de cara a una correcta percepción del color verde y después disfrutarlo a pierna suelta.

Me gusta el verde ha sido escrito en un lenguaje fácil para el niño. Hay que hacer un trabajo en equipo: es preciso que sea el adulto quien lea cada apartado y lo comente con el niño.

El presente libro despertará la curiosidad sobre el color verde y desarrollará la capacidad natural de observación. Todo ello se realizará a través de la experimentación y, al final, llevará a un mejor conocimiento sobre este color.

EL VERDE

El verde se llama así en diferentes idiomas:

VERD…

VERT…

BERDEA…

VERD…

GLAS…

GREEN…

GRÜN…

Existen diferentes tipos de verde:

VERDE OLIVA

VERDE BOTELLA

VERDE
MANZANA

Utilizamos el verde de diferentes maneras:

LA LUZ VERDE
CEDE EL PASO.

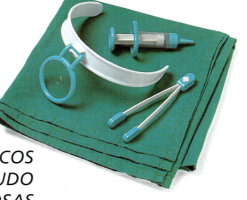

LOS MÉDICOS
A MENUDO
UTILIZAN COSAS
DE COLOR VERDE.

A VECES
EL VERDE RELAJA.

¿LO INTENTAMOS?

Si mezclamos amarillo y azul, obtenemos verde.

Para hacer nuestra serpiente **nos hace falta:**

▶ plastilina amarilla y azul

▶ plastilina blanca y roja

1 Primero hacemos la cabeza amarilla y la cola azul.

2 Vamos haciendo bolitas de plastilina con mucho amarillo y poco azul. Después con poco amarillo y más azul.

3 A medida que vamos teniendo bolitas, las colocamos ordenadamente.

 *SI MEZCLAMOS AMARILLO Y AZUL, OBTENEMOS VERDE.*

 *SI PONEMOS MÁS AMARILLO QUE AZUL, SALEN OTROS VERDES.*

CON MÁS AZUL QUE AMARILLO, LOGRAMOS OTROS VERDES DISTINTOS.

Haz tu serpiente. Cuantas más bolitas tenga, mejor.

7

¡MIRA HACIA ARRIBA! ¿QUÉ VES?

Casi nunca miramos hacia arriba. Si, de vez en cuando, lo hacemos, veremos que es muy divertido. Nos damos cuenta de cosas que jamás habíamos visto.

Para hacer nuestro árbol **hemos utilizado:**

- papel de seda verde
- cartulina verde
- pegamento
- tijeras
- papel de celofán verde

1 Recortamos muchas hojas.

2 Las pegamos poco a poco. Se parecen al árbol que hemos visto.

3 Nos fijamos en los verdes más claros y más oscuros que van saliendo.

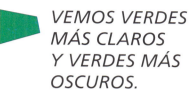 SI MIRAMOS UN ÁRBOL DESDE ABAJO, VEREMOS VERDES DIFERENTES.

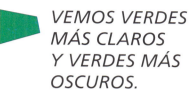 VEMOS VERDES MÁS CLAROS Y VERDES MÁS OSCUROS.

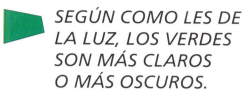 SEGÚN COMO LES DE LA LUZ, LOS VERDES SON MÁS CLAROS O MÁS OSCUROS.

No me cansaría de hacer siempre lo mismo…

9

SOL Y LLUVIA

El verde es uno de los colores del arco iris.

Hemos ido al parque. Mientras el jardinero regaba vimos un arco iris. Nos hemos fijado en los colores que tenía. **Tomamos:**

▶ papeles de celofán de colores

▶ plástico duro

▶ pegamento

▶ tijeras

1 Cortamos trocitos de papel de celofán.

2 Los pegamos en un plástico duro.

3 Formamos un pequeño arco iris.

4 Si ponemos una luz encima, se formará el reflejo en el suelo.

 CUANDO LLUEVE
Y LUCE EL SOL A LA
VEZ, SALE EL ARCO IRIS.

 ESTO SUCEDE
PORQUE LA LUZ
SE DESCOMPONE
EN COLORES.

 EL VERDE ES UNO
DE LOS COLORES
DEL ARCO IRIS.

¡Que llueva, que llueva!…

DRAGÓN MÁGICO, TU AMIGO

Me imagino que tengo un amigo dragón con la piel cubierta de escamas verdes.

Para nuestro dragón **buscamos:**

▸ pegamento

▸ papeles de colores

▸ cartulina blanca

▸ tijeras

1 Cortamos muchos trocitos de papel de colores.

2 Ponemos pegamento en un trozo de cartulina.

3 Vamos pegando y completando el dragón.

4 De vez en cuando miramos nuestro trabajo para ver como queda.

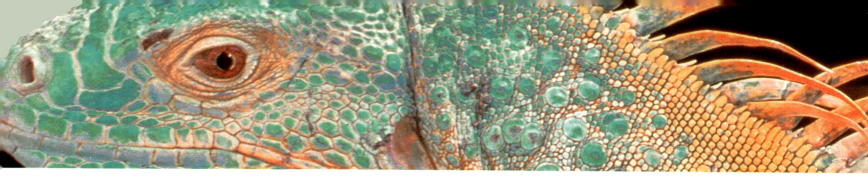

 LA PIEL DE ALGUNOS ANIMALES ESTÁ REPLETA DE ESCAMAS

 UN DRAGÓN, UNA SERPIENTE O UN PEZ PUEDEN TENER ESCAMAS QUE REFLEJEN LA LUZ DE COLORES DISTINTOS.

El dragón no ha quedado muy feroz. Es nuestro amigo. **13**

¿QUIERES JUGAR CON LOS COLORES?

Hemos visto una vidriera de colores muy bonitos, y hemos pensado que podíamos jugar con los colores.

Para hacer nuestra vidriera **tenemos:**

pegatinas azules, verdes, amarillas y rojas de formas diferentes.

1 Empezamos por el centro del círculo.

2 Colocamos primero las pegatinas verdes.

3 Vamos formando cenefas y repeticiones.

COMBINAR COLORES ES TAMBIÉN UN JUEGO.

HACERLO PORQUE SÍ, PUEDE RESULTAR MUY DIVERTIDO.

CONFORME LO VAYAMOS HACIENDO, TENDREMOS SORPRESAS.

Es importante hacerlo jugando y pasárselo bien…

NO ES FÁCIL SER VERDE

Érase una vez un gato cuyo pelo cada día era más verde…

Para poder explicar nuestra historia hemos hecho un teatrillo de sombras chinas **con los siguientes materiales:**

- papel vegetal
- bastoncillos
- tijeras
- cinta adhesiva
- rotuladores
- teatrillo y una luz

1 Nos inventamos una historieta.

2 Colocamos una pantalla de papel vegetal en el teatrillo.

3 En una cartulina negra recortamos los personajes del cuento.

4 Pegamos papel vegetal por detrás y los pintamos con rotuladores.

5 Con cinta adhesiva les pegamos un bastoncillo.

6 Encendemos la luz y representamos la obra.

 HAY COLORES QUE SON IMPOSIBLES.

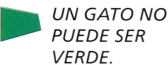 UN GATO NO PUEDE SER VERDE.

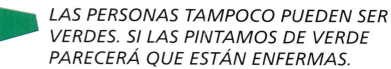 LAS PERSONAS TAMPOCO PUEDEN SER VERDES. SI LAS PINTAMOS DE VERDE PARECERÁ QUE ESTÁN ENFERMAS.

¡Pobre gato! A lo mejor se lo pasó muy bien.

17

¿HACEMOS LAS PACES?

El color verde es muy distinto del rojo.

Para nuestro trabajo **necesitamos:**

- tinta china amarilla
- tinta china azul
- tinta china roja
- cartulina blanca
- cuentagotas

1 Llenamos el cuentagotas con tinta amarilla. Lo levantamos un poco y dejamos caer algunas manchas. Limpiamos el cuentagotas con agua.

2 Ahora llenamos el cuentagotas con tinta azul y hacemos lo mismo. Lo limpiamos.

3 Mezclamos tinta amarilla con tinta azul y hacemos más manchas. Nos saldrá el color verde.

4 Después manchas de color rojo. ¡Qué cosa tan impresionante! ¿Verdad?

A VECES LOS COLORES NO SE PONEN DE ACUERDO.

PODEMOS PINTAR UN CUADRO CON GOTAS.

HAY COLORES QUE SE PARECEN ENTRE SÍ, COMO SI FUERAN DE UNA MISMA FAMILIA.

OTROS COLORES SON DIFERENTES, E INCLUSO CONTRARIOS. ESTO PASA CON EL VERDE Y EL ROJO.

Cada dibujo sale diferente. Éste recuerda un campo de flores. **19**

VERDE VISCOSO

Hemos ido al estanque y hemos visto unas ranas. Si queremos coger una, resbala.

Al llegar a casa hacemos un dibujo.
Vamos a utilizar:

una cera blanca

cartulina blanca

acuarelas

pincel

1 Hacemos el dibujo con cera blanca.

2 Por encima, pintamos con acuarela los colores que hemos visto en el estanque.

▶ LOS COLORES TAMBIÉN PUEDEN RESBALAR. ES DECIR, PUEDEN SER DIFÍCILES DE VER.

▶ LAS RANAS SON VERDES Y, A VECES, SE CONFUNDEN CON EL AGUA Y LAS HIERBAS.

▶ ALGUNOS ANIMALES TIENEN UN COLOR MUY PARECIDO AL DEL LUGAR DONDE ESTÁN. ESTO LES AYUDA A CAMUFLARSE.

Las ranas casi no se ven. Mejor para ellas.

ESTA FRUTA NO ESTÁ MADURA

Todo lo que vive cambia de color. Las frutas también.

Para dibujar nuestras frutas **hemos necesitado:**

- tijeras
- cartulina o plástico
- ceras de colores
- cartulina blanca

1 Cortamos en una cartulina la forma de las frutas que vamos a dibujar.

2 Separamos la parte del interior que se ha formado.

3 Pasamos ceras por encima.

4 Retiramos la plantilla.

5 Hacemos lo mismo con otro color.

LOS COLORES DE LAS FRUTAS Y DE ALGUNAS HORTALIZAS SIRVEN PARA INDICARNOS SI YA SON APTAS PARA COMER.

LOS COLORES VAN CAMBIANDO. EL TIEMPO PASA, LA FRUTA VERDE MADURA Y CAMBIA DE COLOR.

EL COLOR, PUES, NOS AYUDA A ENCONTRAR EL MEJOR MOMENTO PARA COMER UNA FRUTA O UNA HORTALIZA.

¡Cuidado! La fruta verde causa dolor de tripa.

23

DUENDES DEL BOSQUE

Los duendes que nos inventamos tienen un vestido del color verde del bosque.

Hemos hecho un duende articulado. **Hemos utilizado:**

- ▸ cartulina blanca
- ▸ encuadernadores
- ▸ rotuladores
- ▸ tijeras

1 Dibujamos un duende por partes: la cabeza, el cuerpo, las piernas, los brazos…

2 Pintamos nuestro duende articulado.

3 Lo recortamos con unas tijeras.

4 Unimos las partes con los encuadernadores.

EN EL BOSQUE EL COLOR MÁS IMPORTANTE ES EL VERDE; TAMBIÉN EN LOS PRADOS, EN LA SELVA… Y EN MUCHOS LUGARES DE LA TIERRA.

LOS DUENDES SON UNOS PERSONAJES FANTASTICOS QUE VIVEN EN EL BOSQUE. LES HEMOS CONFECCIONADO UN VESTIDO VERDE COMO EL DEL LUGAR DONDE VIVEN.

¡Hola, duende! ¿Sabes saludar?

VERDE QUE SUBE Y BAJA

Muchas puertas, persianas y ventanas de mi pueblo son verdes.

Para hacer nuestra ventana **buscamos:**

- témperas
- cinta adhesiva
- cordel
- pincel
- cartulina verde
- cartón

1 Pintamos en el cartón el personaje que se encuentra detrás de la ventana.

2 Con cinta adhesiva pegamos un trozo de cartulina verde enrollada.

3 Ponemos un cordel encima.

HAY LUGARES DONDE PINTAN PUERTAS, VENTANAS Y PERSIANAS DE VERDE.

LA PINTURA VERDE ES MUY ADECUADA PARA PINTAR COSAS DE CASA.

Esta persiana la podemos subir y bajar. Veo, no veo; veo…

MAMÁ, ME HE COMIDO UN DIBUJO

Los dibujos no es preciso que duren siempre.

Para esta composición **hemos utilizado:**

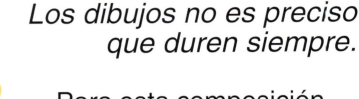

▸ colorantes alimentarios (para poner en la comida)

▸ pan de molde

▸ tijeras

1 Vertemos en un plato un poco de agua y unas gotas de colorante.

2 Mojamos una rebanada de pan en el plato.

3 Mojamos otras rebanadas en diferentes colores.

4 Con las tijeras cortamos el pan y formamos las figuras.

▶ UNA RAMA DE FLORES, LAS FUEGOS ARTIFICIALES, UN PASTEL... SON MUY BONITOS, Y ENSEGUIDA DESAPARECEN.

▶ PODEMOS HACER UN CUADRO Y DESPUÉS COMÉRNOSLO.

▶ LOS COLORES PUEDEN HACER QUE RESULTE APETITOSO O NO.

¡Mira que merienda más divertida tengo!

VEO, VEO...

En el jardín abunda el color verde. Si miramos atentamente por entre las hojas, veremos cosas muy pequeñitas: caracolitos, escarabajos, hormigas, pequeñas flores...

Para nuestro juego **necesitaremos:**

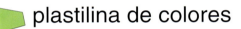 plastilina de colores

1 Salimos a la terraza o al jardín.

2 Buscamos un animalito o bien una flor.

3 Miramos cómo es.

4 Hacemos uno igual con plastilina.

5 A ver a quien logramos engañar.

 PODEMOS SALIR A LA TERRAZA O IR A UN JARDÍN Y HACER UNA FLOR O UN ANIMALITO DE PLASTILINA.

PODEMOS IMITAR OBJETOS O COSAS DE LA VIDA REAL.

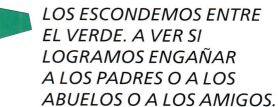 LOS ESCONDEMOS ENTRE EL VERDE. A VER SI LOGRAMOS ENGAÑAR A LOS PADRES O A LOS ABUELOS O A LOS AMIGOS.

¿Por qué hay cosas que destacan más que otras?

31

MEZCLAS DE COLORES

De los colores que utilizamos, hay tres que son los más importantes.

AMARILLO AZUL MAGENTA

Podemos mezclarlos entre ellos y lograr todos los demás.

Si mezclamos estos colores entre sí, nos saldrán otros tres colores más el negro.

Sale el rojo

Sale el verde

Sale el lila

Si no hay luz, no puede haber ni verde ni ningún otro color.